Macunaíma visita Jeca Tatu – uma paródia

Ricardo Macedo dos Santos

Macunaíma visita Jeca Tatu – uma paródia

EDITORA
Labrador

Copyright © 2017 Ricardo Macedo dos Santos
Todos os direitos desta edição reservados à Editora Labrador.

Coordenação editorial
Beatriz Simões Araujo

Projeto gráfico, diagramação e capa
Antonio Kehl

Revisão
Regina Plascak

Ilustrações
Sergio Kon

Dados Internacionais de Catalogação na Publicação (CIP)
Andreia de Almeida CRB-8/7889

Santos, Ricardo Macedo dos
  Macunaíma visita Jeca Tatu : uma paródia / Ricardo Macedo dos Santos ; ilustrações de Sergio Kon. — São Paulo : Labrador, 2017.
  64 p. : il.
  ISBN 978-85-93058-12-7

  1. Literatura brasileira I. Título II. Kon, Sergio

| 17-0284 | CDD B869 |

Índices para catálogo sistemático:
Literatura brasileira

Editora Labrador
Rua Dr. José Elias, 520 – sala 1 – Alto da Lapa
05083-030 – São Paulo – SP
Telefone: +55 (11) 3641-7446
Site: http://www.editoralabrador.com.br/
E-mail: contato@editoralabrador.com.br

A reprodução de qualquer parte desta obra é ilegal e configura uma apropriação indevida dos direitos intelectuais e patrimoniais do autor.

Apresentação

Macunaíma sai das páginas do livro de Mário de Andrade, percorre espaço e tempo, e visita Jeca Tatu, seguramente o personagem mais significativo da obra de Monteiro Lobato.

Esta paródia, ou se quisermos chamar de fábula, é uma intertextualidade entre dois personagens representativos do início de século XX.

Macunaíma, o herói sem caráter, um anti-herói, tipo do malandro brasileiro. Jeca Tatu, personagem caipira, preguiçoso, sempre doente.

Um encontro modernista, um diálogo impossível de se concretizar, uma discussão que deixa arestas que ferem e que talvez não propicie aberturas para novas situações.

"Uma obra tem sempre outras obras dentro dela".

Professora Ancona Lopes

Jeca Tatu está em sua casa de sapé e lama quando alguém bate insistentemente à sua porta. Jeca, como sabem todos os leitores de *Urupês*[1], é lento de raciocínio, dado o seu baixo coeficiente intelectual. Ele é preguiçoso e não tem ânimo para nada. Ouviu as batidas na porta, mas custou a concluir que era ali, em sua casa, e que alguém estivesse querendo falar com ele. Continuou como estava, isto é, sentado, com um palito na boca, pensando no dia de ontem, que era rigorosamente igual ao de hoje. E pensar que esse personagem foi criado em 1914[2], época pré-modernista em que Monteiro Lobato[3] se atreveu a enviar um conto ao Estadão e perpetuar a figura do Jeca para sempre. Hoje, pode-se observar que há Jecas em todos os níveis do desenvolvimento humano. Há Jecas com celulares, nas academias de musculação e nas torcidas dos estádios. Jeca não conseguia compreender que batiam à sua porta de maneira alucinada. Nunca faria a si mesmo uma simples pergunta: quem será? De repente, ainda sem saber ao certo o que estava acontecendo, foi atender. Sobre esse perfil de Jeca, assim escreveu Lobato: "o caboclo é o sombrio urupê de pau podre, a madorrar silencioso no recesso das grotas. Só ele não fala, não canta, não ri, não ama. Só ele, no meio de tanta vida, não vive...".[4]

Mário de Andrade[5] jamais poderia supor que o seu brasileiro sem nenhum caráter – Macunaíma[6] – estaria em pleno século XXI batendo à porta de Jeca Tatu. De características espirituais relativamente semelhantes, esses dois heróis brasileiros estavam prestes a se conhecer. Seria o grande encontro na literatura contemporânea de duas personalidades concebidas em pleno ciclo modernista brasileiro.

Jeca Tatu abriu a porta da casa e uma fumaça de charuto invadiu suas narinas. Começou a tossir sem parar, engasgado com a baforada que Macunaíma lançou em seu rosto. Diante de tão bizarra figura, Jeca, contrariando o perfil que lhe fizera Lobato, chegou a gargalhar com o seu ar brega de matuto.

Macunaíma observou Jeca Tatu, riu e entrou sem ser convidado. Jeca, que estava à sua frente, quase foi derrubado.

– Sou Macunaíma, saí das páginas de um livro e estou aqui para conhecê-lo pessoalmente. Nasci no fundo do mato virgem. Sou filho do medo da noite.

Jeca não entendeu nada. Até porque sua pequena inteligência não lhe permitiria compreender nada que não pertencesse ao seu cotidiano.

– Ai que preguiça! – disse-lhe Macunaíma, sentando-se no chão da casa. Jeca olhou-o espantado matutando: quem seria esse seu semelhante? Tirante ele ser um indígena de cor negra, cabelo desgrenhado, aspecto desleixado, charuto pendurado no canto da boca, a figura surrealista que estava em frente de Jeca tinha o seu mesmo jeito, suas mesmas atitudes, seu tipo apático.

Jeca passava o palito de um lado para o outro em sua boca, querendo identificar esse indivíduo esdrúxulo que sentou no chão de sua casa, impregnando-a de fumaça de um charuto de péssima reputação. Passada mais de meia hora, Jeca resolveu falar.

–Você disse que veio de um quê?

Macunaíma, que não tinha muita paciência, olhou o Jeca com ar zombeteiro e, desfechando-lhe outra baforada, respondeu:

– Vim do mesmo lugar que você. Só que de outro livro. Meu criador me fez depois de alguns anos do seu surgimento. Outra coisa que eu queria contar para você é que quando vinha para cá, sem ser visto pela pena do Mário, dei de cara com Peri[7]. Você sabe, aquele índio idiota que Alencar deu vida. Ele é muito afetado, fruto do Romantismo meloso que gerou personagens fúteis e pouco inovadores. Mas o que estou falando? Não deves estar entendendo porra nenhuma. Pois vi Peri passar de terno na Avenida Paulista. Fui em sua direção, cumprimentei-o e ele me falou que agora trabalha em um banco no centro da cidade. E tem mais: casou-se com a Cecilia[8].

José de Alencar deve ter se revirado no túmulo ao saber dessa estranha história. Jeca tudo ouve, tudo observa, gira o palito entre os dentes e prossegue matutando, querendo descobrir que conversa maluca era aquela. Não sabe Jeca que o aspecto paroleiro daquela figura exótica só veio se manifestar algum tempo depois de seu nascimento. Em realidade, Macunaíma ficou seis anos sem falar.

De repente, Jeca nota que algo está mudando na aparência daquele indivíduo estranho e ao olhar para os cabelos dele percebe que Macunaíma está louro. Seu aspecto mudara inteiramente. Macunaíma observa o olhar perscrutador de Jeca e pensa em perguntar-lhe a razão de tanto espanto e por que o olha com tanta curiosidade. Jeca aponta para seu cabelo e ele se tranquiliza.

– Anh, já sei qual é a sua preocupação. Mas não posso fazer nada. São coisas do seu Mário. Eu sou um brasileiro sem caráter, um anti-herói sem uma identidade definida. Pra mim não existe ética. O tempo e o espaço não me aprisionam. Posso mudar a cor de minha pele, dos meus cabelos, enganar quem eu quiser. O livro que me deu nome é um labirinto de situações que seu Mário escreveu para simbolizar o brasileiro do início do século XX, uma espécie de rapsódia que até hoje choca o leitor comum. Ai de quem quiser entender a minha história pela ótica da verossimilhança, amargará tristemente o encontro com a confusão.

Jeca, que tudo ouviu e nada entendeu, resolve acender outro cigarro de palha enquanto fazia carinho em seu cão Brinquinho.

Lobato nunca poderia sonhar que cem anos após o nascimento de Jeca Tatu, haveria esse encontro totalmente fora do contexto literário. Seria um choque ou uma convergência cultural a união desses dois personagens?

Jeca coçou a cabeça, foi até o canto da parede, pegou um cigarrinho de palha, acendeu-o, deu boas baforadas e fez Macunaíma tossir.

— Porra, porra, apaga essa merda. Essa fumaça é pior do que a que sai do meu charuto. Jeca levou um susto e fez como lhe ordenara Macunaíma. Este, de repente, virou-se para Jeca e perguntou-lhe:

— Como você vive aqui?

— Ora — respondeu Jeca —, vivo da garapa. Poderia fazer do caldo da cana rapadura, mas prefiro não ter fadiga.

Macunaíma, preguiçoso como ele, abriu os braços como se estivesse com um sono centenário. Não disse nada. Levantou-se e foi até a porta da casa de Jeca. Deu uns poucos passos para fora, olhou ao seu redor. E ali estava a casa do vizinho de Jeca.[9]

— Quem é o seu vizinho?

— Meu vizinho é muito rico. Ele também é meu compadre, e está muito bem. A terra onde mora é sua. Tem uma égua, monjolo[4] e espingarda de dois canos.[10] Macunaíma coçou sua cabeça com cabelos desgrenhados, fez um gesto de pouco se incomodar com a resposta de Jeca e lhe dirigiu outra pergunta:

16 | Macunaíma visita Jeca Tatu

— Se ele é tão rico, por que você vive no mesmo lugar e é tão pobre? Jeca não deu qualquer resposta.

Ainda do lado de fora da casa de Jeca, Macunaíma mira a sequidão que cerca aquele lugar e a opulência que se apresenta na casa do vizinho. Sem dúvidas que Lobato está fazendo ali um contraponto de cenários. Os dois lados que convivem nesta terra, que em se plantando tudo dá. Mais tarde, Lobato escreveu que "Jeca Tatu é o único brasileiro digno de seu país". Lobato ainda descreve Jeca Tatu e seus bens da seguinte forma[11]: "Jeca possuía muitos alqueires de terra, mas não sabia aproveitá-la. Plantava todos os anos uma rocinha de milho, outra de feijão, uns pés de abóbora e mais nada. Criava em redor da casa um ou outro porquinho e meia dúzia de galinhas. [...] o porquinho nunca engordava, e as galinhas punham poucos ovos".

Macunaíma percebe que começa a chegar muita gente na casa do vizinho. Observa com curiosidade aquelas pessoas, tão longe de sua linhagem social, e começa a tentar adivinhar se ali vai haver festa. Jeca, com o seu pensamento sempre distante das mais fáceis conclusões, nem se deu conta das intenções de Macunaíma. Aproximou-se um pouco da cerca e notou que chegavam bolos, barris cheios de carne para churrasco, caixas e mais caixas de salgadinhos e dois tonéis enormes de chope.

O vizinho de Jeca fez uma curta e tímida saudação aos dois que estavam do outro lado de sua casa. Deu um sorriso sem graça e prosseguiu com o que estava fazendo. Sua filha encontrava-se a seu lado e era muito linda. Tinha olhos negros que davam vida ao seu sorriso livre e fascinante. Usava um vestido branco, rodado, que terminava pouco abaixo dos joelhos. Sua panturrilha era forte, sem ser musculosa em excesso, fazendo supor que era uma bailarina. Macunaíma logo se enfeitiçou pela moça e Jeca, dessa vez, olhou-o com uma cara de poucos amigos e observou:

– Olha, nada disso. Vê se te manca. Vamos entrar.

A antítese que se estabelece quando entramos na casa de Jeca, após termos observado à de seu vizinho, é aterradora. Vejamos como Lobato descreve o interior da casa de seu personagem e alguns utensílios: "Mobília nenhuma. [...] às vezes se dá ao luxo de um banquinho de três pernas – para os hóspedes. [...] Nenhum talher. [...] No mais, umas cuias, gamelinhas[12], um pote esbeiçado[13], a pichorra[14] e a panela de feijão. Nada de armários ou baús. A roupa guarda-a no corpo. Só tem dois parelhas[15]; um que traz no uso e outro na lavagem. Os mantimentos apaiola[16] nos cantos da casa. Inventou um cipó preso à cumeeira, de gancho na ponta e um disco de lata no alto: ali pendura o toucinho, a salvo dos gatos e ratos. Da parede pende a espingarda pica-pau, o polvarinho[17] de chifre, o São Benedito defumado, o rabo de tatu e as palmas bentas de queimar durante as fortes trovoadas. Servem de gavetas os buracos da parede".

O cair da tarde deu uma canseira nos dois. Só havia uma esteira no chão do casebre. Mas foi o suficiente para que cada um pegasse uma ponta de cada lado e dormisse. Não haviam comido, mas a madorna daquele dia era mais exigente que o ronco da barriga. Bastou se deitarem para que nossos heróis logo pegassem no sono. Na casa do vizinho começava a festa. Gargalhadas varavam a noite. Pelas frestas da casa entrava uma fragrância de carne sendo assada. Macunaíma foi lentamente se levantando, abriu a porta da rua e, já do lado de fora, viu a casa do vizinho repleta de gente. Havia uma churrasqueira no fundo do quintal de onde saía uma fumaça semelhante à dos antigos sacrifícios relatados no Antigo Testamento. Mulheres lindas e esportivamente bem vestidas formavam um cenário radicalmente oposto ao da casa do Jeca. Macunaíma tirou de um dos bolsos uma garrafinha, abriu-a, jogou sobre si o líquido e, de repente, virou outro homem, branco, com outra roupa e com um aspecto atraente. Aproximou-se da cerca e todos olharam para ele.

– Oh, pessoal! Sou Macunaíma, imperador do reino das Icamiabas.[18]

Jeca, que já acordara, saiu de sua casa. Pouco a pouco foi se aproximando por detrás do personagem de Mário e pulou em suas costas. Ele não havia reconhecido Macunaíma, pois sua voz estava diferente e seu aspecto era o de outra pessoa. Entretanto, como Jeca tem uma compleição física frágil, Macunaíma, refeito do susto, o jogou no chão, desfechando contra Jeca uma saraivada de palavrões enquanto chutava o seu dorso esquelético. O vizinho de Jeca pulou rapidamente a cerca que dava para a casa do caboclo e logo impediu que Macunaíma cometesse um crime. Macunaíma, ao ser afastado do corpo caído de Jeca, com a roupa desalinhada e com algumas escoriações, ao ver o vizinho, pediu desculpas ao homem com sorrisos subservientes.

Foi providencial a ação do vizinho ao evitar que Macunaíma prosseguisse atacando o Jeca. Era irascível a maneira de agredir do personagem, mas o vizinho conseguiu impedi-lo de continuar com a agressão. Jeca estava machucado e tinha grande dificuldade para levantar-se. Macunaíma de pé aparentava sair de um trauma, sem se lembrar do que havia feito. Ele observa Jeca sendo levantado e vai ajudá-lo. Jeca lhe dá um safanão, xingando-o. O vizinho tenta acalmar os ânimos exaltados dos dois enquanto do outro lado da cerca todos observam atônitos aquela cena. Jeca agradece ao vizinho, que lhe pergunta se ele quer ir à festa. O caipira, sempre retraído, diz que não pode ir, que não tem roupa de festa e, com o rosto corado, faz um movimento de quem queria entrar em casa. Macunaíma então pede desculpas ao vizinho e diz que os dois vão se vestir para a festa. Jeca interpela Macunaíma:

— Como se vestir? Eu só tenho mais uma roupa que não está muito limpa e você nem roupa tem. Aliás – dirigindo-se ao vizinho –, este homem é um feiticeiro. Ele era preto retinto quando chegou aqui em casa, estava nu com um charuto na boca, vindo nem sei de onde. De repente, ele fica louro, de roupa nova e já ia pular o seu muro quando o agarrei e ele então me bateu.

O vizinho olhou os dois e disse ao Jeca:

— Bem, não sei o que aconteceu, mas não quero nenhum feiticeiro perto de mim. Mas o senhor, seu Jeca, faço questão que venha à minha casa.

Jeca, sem jeito, deu mil razões para não ir. O vizinho aceitou suas justificativas, olhou de soslaio para Macunaíma, que dava um sorriso nervoso como se fosse aprontar alguma. O vizinho saiu do terreno e foi para sua casa. Os visitantes foram ao seu encontro e tudo voltou à normalidade. Macunaíma em pé espreguiçou-se, olhou severamente para Jeca e, usando de impropérios, não poupou críticas à atitude de Jeca:

— É um boçal! Estraga-prazeres! Fica aqui nesta merda de casa, longe do mundo, magro de fome, preguiçoso. Seu amarelão de uma figa. Eu também não sou flor que se cheire, mas tenho massa cinzenta. Eu ia comer churrasco e ainda passar a filha do seu vizinho na cara. Você veio dar uma de santinho e melou tudo. O que você merecia era tomar porrada nessa cara amarela. Só não faço isso agora porque meu terno está limpinho e bem passado. E se eu sujar essa roupa não terei como...

– Como o quê? – perguntou Jeca, interpelando-o.

Macunaíma olhou-o severamente.

– Não interessa, porra. Quer saber de uma coisa, Jeca? Por que você não vai dormir e não para de encher meu saco?

Jeca foi se deitar. Macunaíma, com o seu charuto que demorava a acabar e com outros que não sabemos de onde vinham, estava próximo à cerca do vizinho observando cada um dos visitantes que lá estavam. Procurava com os olhos aquela linda mulher que aparecera logo no início da história, filha do vizinho. Ela andava sorridente, com seu lindo vestido branco deixando aparecer as marcas de suas coxas e de suas nádegas quando se virava para se dirigir a alguém que estivesse sentado ou lhe chamando.

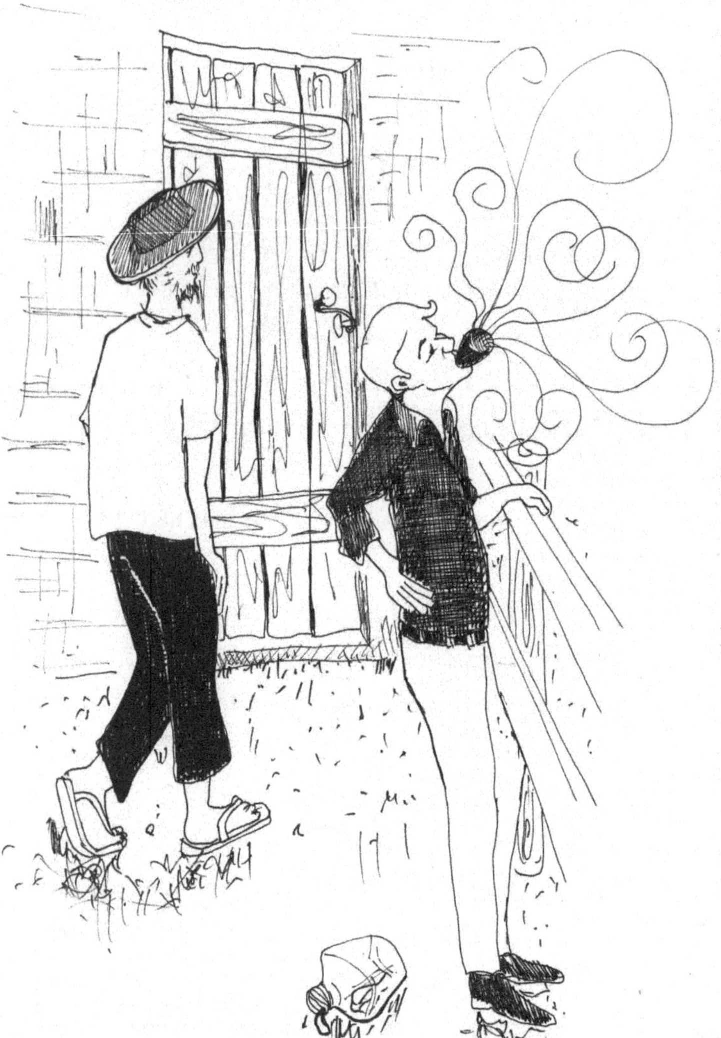

Macunaíma encantava-se com aquela mulher, fruto da paixão, da fantasia, com armas sexuais inimagináveis. O olhar do personagem transitava desde os cabelos até a planta dos pés da filha do vizinho. Chegou-lhe a acometer uma ereção. Gostou, riu, gargalhou. Estava sempre querendo subtrair vantagens em tudo. Pensou como seria aquela mulher despindo-se lentamente, olhando em seus olhos, enquanto ia tirando peça por peça. Imaginou seus seios viçosos apontando para sua boca, suas pernas entrelaçando as suas e seu grito de prazer ao ser penetrada por ele.

Macunaíma sentiu alguém cutucar as suas costas, virou-se e era Jeca Tatu. Macunaíma quase lhe deu um soco, mas reprimiu-se:

– Que é porra? De novo? O que quer, matuto?

Macunaíma reparou então que Jeca havia trocado de roupa. Estava com outro traje, menos surrado. Ao concluir que Jeca resolvera então ir à casa do vizinho, ele deu uma gargalhada tão forte que chegou a balançar a palha que cobria a casa. Algumas coisas caíram lá de cima; entre elas, um vidro vazio de remédio que veio rolando até cair no terreiro. Não se quebrou e os dois foram pegá-lo. Era do Biotônico Fontoura. Um elixir com vitaminas que Jeca recebeu de presente, mas nunca se atreveu a tomar. Ainda estava cheio, mas a garrafinha bastante suja com o rótulo consumido pelo tempo. Macunaíma leu o que estava escrito no frasco do remédio, tirou a tampa e começou a tomá-lo. Gostou do sabor do remédio e bebeu todo o conteúdo do frasco. Jeca o observava e não conseguia entender como é que uma pessoa podia ser tão imbecil como ele a ponto de beber, de uma só vez, todo o remédio.

Macunaíma tomou tudo, olhou pra Jeca, riu e deu um arroto tão alto que derrubou mais coisas que estavam no teto da casa. Vieram muitas coisas. Carretel de linha, um pé de sapato todo furado, um par de meias rotas, já estragadas pelo tempo, um chapéu de palha corroído, dois chinelos que não formavam um mesmo par. Macunaíma ria e ria, não parava de rir e Jeca, assustado, ia recolhendo todo aquele material que descera do teto. Não haveria serventia nenhuma para ele, mas Jeca guardava tudo que via e quanto mais velhas e imundas eram, melhor.

— Quer dizer que você resolveu finalmente aceitar o convite do seu vizinho?

— Qual é o problema? Eu fui convidado e agora resolvi aceitar o convite.

— Então vamos nos apressar porque estou com uma fome de cão.

— Vamos nos apressar? Você não foi convidado. E tem mais: você foi rejeitado por ser um bruxo. Outra coisa: não vou em sua companhia para lugar nenhum. Você veio aqui à minha casa, invadiu o meu terreno, chegou a me bater e agora quer se prevalecer do convite que recebi para também ir à festa. Ora, meu caro, tire o seu cavalinho da chuva, eu vou sozinho.

De repente, Macunaíma começou a chorar como uma criança. Seu choro invadiu casas, entrou pela igreja, acordou o padre, na festa todos pararam para ouvi-lo, cães latiam sem parar, crianças pequenas começaram a chorar com a mesma intensidade. Trovejou de repente, um raio caiu perto dali e o vizinho foi ver o que estava acontecendo.

O problema é que além da frustração que sentia Macunaíma em não poder ir à festa, de repente ele começou a sentir fortes dores abdominais. A princípio essas cólicas eram suportáveis, mas agora Macunaíma se vê urrando como um animal selvagem. Jeca se espantou com o drama de Macunaíma que, atirado ao chão, apertava a barriga contorcendo-se de dor. Passados alguns minutos, Jeca se lembrou de que Macunaíma havia tomado um vidro inteiro de Biotônico Fontoura, talvez estragado, já que estava há muito tempo sujeito ao sol e à chuva em cima da casa. Jeca não sabia o que fazer e a única maneira de socorrer Macunaíma era pedir ajuda ao vizinho. Os berros já haviam chamado à atenção não somente do vizinho, mas a de outro personagem ilustre do lugar: a do pároco da igreja. Quando Jeca percebeu, o padre já estava entrando no seu terreno acompanhado de outras pessoas da localidade. Vieram: o farmacêutico, uma mãe de santo e um aplicador de Johrei. Obviamente algumas pessoas da festa, incluindo-se a linda filha do vizinho, tomadas de extrema curiosidade, foram se aproximando de Macunaíma, que rolava pelo chão. Aquela cena chegou a abalar a todos naquele momento. Dias depois ainda se comentava na birosca da rua o sofrimento de Macunaíma. Na primeira missa após a ocorrência, o Padre usou aquela dor como tema de seu sermão, chegando a compará-la ao sofrimento vicário de Jesus de Nazaré na cruz do calvário. Após muito sofrimento e de ter vomitado sem parar, chegando a cuspir grande quantidade de bílis quando vinham os acessos de vômito, Macunaíma foi melhorando até não sentir mais dor. Só assim as pessoas foram retirando-se para as suas casas. O padre fez questão de convidar a todos para a missa dominical e despediu-se com o seu ar santarrão. Macunaíma de repente chama o vigário e lhe diz: "vou me confessar no domingo". O padre se alegrou enquanto Macunaíma passava a mão na sua perna por dentro da batina. O padre espantou-se, dando uma risadinha e olhando para Macunaíma, falou: "eu o espero no domingo, meu filho" e saiu com um sorriso maroto.

Jeca, que a tudo assistia perplexo, recriminou a atitude daquela figura sem nenhum senso moral: "como pode você fazer essas coisas? Você desrespeitou o padre. Você vai mesmo é para o inferno. Olha, vamos fazer uma coisa: amanhã você procura outro lugar para ficar e vai embora. Não o aguento mais".

Pela primeira vez aquele matuto que se sentava sobre os calcanhares, fumava cigarro de palha, ficava olhando pra ontem, preguiçoso, não plantava para não ter trabalho de semear e de colher, que tinha vergonha de tudo e de todos, tomava uma atitude digna de um homem de bem.

Lobato traça um perfil nada positivo desse homem: "o fato mais importante de sua vida é sem dúvida votar no governo. Tira nesse dia da arca a roupa preta do casamento, sarjão[19] furadinho de traça e todo vincado de dobras; entala os pés num alentado sapatão de bezerro; ata ao pescoço com colarinho de bico e, sem gravata, ringindo[20] e mancando, vai pegar o diploma de eleitor às mãos do chefe Coisada, que lho retém para maior garantia da fidelidade partidária".[21]

Apesar dessa lamentável descrição de Lobato, Jeca resolvera tomar uma atitude firme, impedindo que Macunaíma pudesse impor seu jeito moleque de ser em sua própria casa.[22]

Macunaíma se assusta com a atitude de Jeca. Não poderia supor que esse matuto fosse tomar uma decisão tão rude e enérgica a ponto de querer expulsá-lo daquele lugar. Virou seu rosto para o lado e escarrou com toda a sua força. O catarro que saiu caiu ao solo na forma de um queijo branco, já atacado por gusanos que o devoraram em rápidos segundos. Jeca olhou esse espetáculo bizarro.

– Eu não disse que você era um bruxo? Saia agora mesmo da minha casa.

Macunaíma sumiu como um raio, correndo pela região; ultrapassando bairros; penetrando vielas; pulando em lombos de cavalos sem cela; abandonando-os; pegando outros; passando por cidades; correndo cada vez mais rápido; aparecendo em outras cidades; varando fronteiras; invadindo campos; trepando em mangueiras e descendo delas chupando mangas; enterrando os caroços em terra fofa, que, em instantes, cresciam árvores carregadas desses frutos, com belas mangas que caíam ao chão ao mesmo tempo em que se renovavam os galhos, que pariam novos frutos; aparecia rapidamente em outros países; atravessava fronteiras com passaportes falsos magicamente prontos, com sua foto mais recente sem ter sido fotografado; instalado em hotéis luxuosos sempre em suítes presidenciais; bebendo muito whisky; desfrutando da melhor culinária; tomando banhos em piscinas povoadas por gente milionária, cercada de mulheres lindas; dirigindo carros luxuosos, que ninguém poderia imaginar que fossem estar à sua disposição; vestindo trajes de gala; sendo conduzido por limusines que iam aonde queria, com uma mulher no banco traseiro com os seios à mostra e com pernas avassaladoras; conhecendo o centro comercial de todos os países ao mesmo tempo; indo à Nova Iorque pela 5ª Avenida; visitando o marco Zero; indo à Tiffany em Manhattan e conhecendo o lugar onde Audrey Hepburn apareceu no filme Bonequinha de Luxo; roubando um pequeno colar de prata sem ser descoberto; atravessando as ruas dezenas de vezes só porque dava vontade de ler *Don't Walk* e *Walk*; querendo atravessar os cegos e deixá-los no meio do caminho rindo-se sem parar; roubando o apito da boca do policial sem ele ver; apitando no cinema quando o filme chega à última cena; comendo pipocas dos outros e, do mezanino jogando Coca-Cola em quem estava embaixo assistindo ao filme; dando topadas de propósito nos meios-fios das ruas; pegando táxis sem pagar, porque sua mandinga parava os taxímetros; indo aos aeroportos; entrando no avião e sumindo quando já estava próxima a aterrissagem; visitando países africanos e falando a língua dos nativos sem entender nada; mudando de roupa de uma hora pra outra; usando trajes de cores incompatíveis; voltando à rua do Jeca Tatu sem ser visto por ninguém. Na realidade, ninguém sabe onde Macunaíma se escondeu.

Passado algum tempo da andança que Macunaíma fez pelo mundo, Jeca Tatu recebeu a visita de um médico. Chovia muito por aquelas bandas e o doutor foi obrigado a se proteger na primeira casa que achou – a de Jeca. Foi grande o seu espanto diante de tanta miséria.

Daqui em diante, parafraseio o próprio Lobato, a fim de ser cada vez mais fidedigno com o seu texto.[23]

O doutor ao examinar Jeca Tatu constatou que ele estava doente. Ele sofria de ancilostomíase.[24] O doutor receitou-lhe o remédio adequado, recomendando-lhe que comprasse um par de botinas, que não andasse mais descalço, e que parasse de beber, e foi embora.

34 | Macunaíma visita Jeca Tatu

A chuva logo passou, e o tempo também. Jeca fez como o médico havia prescrito e começou a melhorar.

Quando o médico voltou à casa de Jeca, notou a diferença que havia no aspecto do caipira. Com uma lente, mostrou-lhe os vermes que haviam saído de seu intestino.

Passados três meses, Jeca estava irreconhecível. A preguiça desapareceu e Jeca agora tinha ânimo para fazer as coisas. Sua saúde havia mudado da água para o vinho. Isso tudo porque seguiu à risca as orientações do médico.

Voltando à minha pena e ao meu senso crítico. Essa melhora trouxe-lhe, entretanto, um pensamento de competição, de querer erguer-se na escala social, de tirar proveito das suas novas possibilidades, enfim, de repetir o que fazem os que se julgam poderosos. Jeca estava embarcando no velho mundo do capitalismo: "– Quero tirar a prosa do 'intaliano'". Jeca de medroso virou valente.

Seu vizinho, eu não havia dito até agora, era italiano. De sua casa observava perplexo o crescimento de Jeca, sua prosperidade, seu trabalho profícuo, suas novas maneiras, e coçava a cabeça: "se eu não tiver cuidado, esse pobre diabo vai passar na minha frente".

Disse Francisco Julião[25] que "a burguesia tem seus encantos". Jeca agora quer ficar rico, ter uma grande fazenda e até ser coronel.

Alguém já escreveu que em literatura não há neutralidade. Em consequência, as intenções de Lobato na promoção social de Jeca são concernentes à sua formação familiar. Jeca Tatu doente representava o mal na visão determinista. Jeca Tatu são, trabalhador, de ideias empreendedoras seria o bem, o ícone do bom brasileiro, na visão do pai de Emília.

Além das melhorias que Jeca introduzira em sua propriedade, ele ainda adquiriu um caminhão Ford, dinamizando, assim, a distribuição dos porcos ao mercado. Lobato conta que ele ia buzinando pela estrada afora: *fom-fom! fom-fom!*...

Jeca também aprendeu a ler, comprou muitos livros e começou a estudar inglês com um professor particular e tudo. Já tinha até ideias de ir aos Estados Unidos.

A fazenda de Jeca já era conhecida no país inteiro. Usava agora a comunicação por rádio e telefones. Chegou a mandar buscar nos Estados Unidos um telescópio.

Jeca instalou os aparelhos e, da sua varanda, falava pelo rádio para qualquer ponto de sua fazenda e, por meio do telescópio, observava o que os camaradas estavam fazendo. Em *Urupês*, Lobato diz que Jeca dava ordens aos feitores, pelos telefones, estando ele sentado em uma cadeira de balanço na varanda.

Jeca não parou por aí. Resolveu ensinar aos caipiras das redondezas tudo aquilo que aprendeu do médico com relação à saúde. Montou postos de saúde onde curava os doentes de amarelão e outras doenças causadas por bichinhos nas tripas. Dizia agora para todos que a sua divisa era curar gente.[26]

Macunaíma ficou de boca aberta quando retornou de sua fantástica viagem. Apareceu com outro aspecto, com os cabelos diferentes, encaracolados, bem vestido, de terno e sapatos brancos e limpos. Reconhece-se que lhe faltava um chapéu panamá, mas ele dava maior atenção aos seus cabelos e o chapéu tirar-lhe-ia esse charme.

A chegada abrupta de Macunaíma surpreendera a filha do vizinho de Jeca que estava no portão de sua casa. Usava um vestido de organdi azul, deixando à mostra os seus ombros com sua pele branca e viçosa. Macunaíma a viu e logo sua libido ativou-se. Os cabelos e olhos da menina eram fonte de alucinação. Ela viu-o, sentiu-o distinto, deu um curto sorriso e entrou em casa. Macunaíma fez um gesto de vitória. Gritou *wow* e começou a admirar aquele lugar agora bem distinto de quando saiu para a sua viagem.

Ele estava ali, em frente à fazenda do novo ricaço da região. Era impossível crer naquilo. Jeca Tatu fora submetido a uma metamorfose jamais imaginada. Os muros da propriedade subiram. Havia cercas energizadas sobre esses muros. O cachorro molenga e medroso de Jeca já não estava mais lá. Agora havia diversos cães ferozes de várias raças e cores, que tomavam conta do portão da propriedade, justamente onde se encontrava agora Macunaíma com o seu ar perplexo e bastante cético. Caminhou um pouco para o lado da casa do vizinho e reparou que agora a fazenda de Jeca era infinitamente mais ampla e moderna. Não havia comparações a fazer. A casa do vizinho continuou com a mesma arquitetura e do mesmo tamanho. Era acanhada diante do crescimento que sofrera a propriedade do Jeca.

Macunaíma não se aproximou do portão da fazenda do Jeca porque os cães começavam a latir e se atiravam alucinadamente em sua direção querendo pegá-lo. Usando a magia como força, Macunaíma sopra na direção dos cachorros e estes começam a parar de latir, deitando-se docilmente. Lentamente, Macunaíma vai abrindo o portão e penetra em um lugar inteiramente diferente daquele que viu antes de fazer sua estranha viagem. Viu um galinheiro enorme com muitos galos e galinhas poedeiras. Chiqueiros nem deu para contar. Bodes, cabritos e cabras pastavam a um lado da fazenda. Algumas vacas leiteiras estavam sendo ordenhadas por empregados vestidos a caráter. Um campo todo verde, bem tratado, limpo se apresentava a seus olhos. Dava para ver a campina. Era uma visão jamais imaginada. Realmente, concluiu Macunaíma, Jeca Tatu ficara milionário. Ninguém notava a presença de Macunaíma. Para cada lado que olhava, mais um espanto diante da mudança que havia ocorrido por aquelas bandas. Mais para o fundo percebeu a casa de Jeca. Era enorme. Uma verdadeira mansão. Macunaíma foi se chegando, admirando a grandeza do imóvel. Era de três andares. Havia corredores que rodeavam cada piso. Todos eles pintados recentemente. As janelas e portas feitas de madeira maciça. Havia aldrabas que pareciam ser de ouro, mas eram de um bronze refinado. Macunaíma diante desse espetáculo exclamou: "puta que pariu!". Não se conteve e foi entrando cada vez mais. De repente, ele observou em um dos corredores da casa um objeto grandioso. Estava montado sobre um suporte e tinha uma luneta astronômica. Por ele, Jeca observava seus empregados, mas a função real do instrumento era para observar o céu, seus astros, o infinito. Foi nessa última utilidade que Macunaíma pôs todas as suas intenções. Depois de mirar essa joia rara, começou a maquinar. Jeca estava abarrotado de bens e sua conta no banco deveria estar da mesma maneira. Lembrou-se de que seria interessante usufruir um pouco dessa riqueza. Veio à sua mente a carta que escreveu Mário de Andrade às Icamiabas. O que foi feito dessa correspondência? Será que deu fruto aquele pedido de dinheiro? Afinal, ali Macunaíma assinava como Imperador e elas eram suas súditas. A realidade é que naquela hora Macunaíma estava sem dinheiro e pedi-lo a Jeca seria em vão, até porque não sabia a reação do caboclo quanto à sua volta. Por certo, não iria emprestá-lo. Na realidade, o recurso que Mário utilizou no seu livro, quando resolve escrever a carta a suas amigas Amazonas[27], tem de ser considerado somente como uma crítica de origem linguística. Macunaíma sabe que Mário utiliza na carta o português lusitano, arcaico, descreve as várias formas de linguagem usadas na cidade de São Paulo, avacalhando o descompasso que há entre o que a norma culta exige que se escreva e como as pessoas falam no dia a dia. Andrade critica veementemente aqueles que se expressam intelectualmente de uma forma sofisticada e falam de uma maneira, como se fosse outra língua. Essa admoestação irônica está presente em todo o capítulo IX – Carta às Icamiabas – de Macunaíma.[28]

Temos memória que Macunaíma nasceu na mata virgem, no meio de uma família carente, desprovida dos recursos mais básicos, fadada a se perpetuar em uma sociedade que não a acolhe nem a protege. Esse personagem nasceu malandro, moleque, vive como nasceu, porém ele mesmo é um mito em si mesmo. Tem poderes que outros não possuem e os utiliza para benefício próprio. Certo dia resolveu ter esse encontro inusitado com o filho da pena de Monteiro Lobato e viajou em um raio de luz até terras que jamais poderia imaginar que existira na floresta. Agora o tempo havia passado mais do que a sua imaginação. Conhecera outras terras, viajara sem transporte, e sem mapas. Viajara se deslocando pelo pensamento, e seu corpo percorria esse caminho inimaginável para a tradição literária. Ele agora está diante de uma situação que nunca poderia supor que ocorresse diante dos seus olhos. Aquele caipira filho da puta crescera na vida e Macunaíma não tinha aquela inveja que muitos têm, ele no fundo quer é usufruir dessa prosperidade que está ali perto de seus olhos.

Ele conhecia o seu poder mítico, mas desta vez o desafio suplantava a questão mágica, pois o que estava em jogo era obter dinheiro. Não bastava

simplesmente reduzir o objetivo da existência de Macunaíma ao interesse linguístico de Mário de Andrade. A esta altura, Macunaíma estava fora da crítica literária, ele era um personagem com independência suficiente para viver por sua própria conta. E se isso ainda fosse pouco, ele construiu histórias, mudou cenários e sua própria aparência várias vezes. Outra coisa é saber de antemão que toda obra necessita de certo grau de verossimilhança. O leitor não pode ser ludibriado. Seja qual for o tipo de literatura ou a corrente literária, o leitor é o foco principal da preocupação do autor. O leitor vai organizar seus pensamentos seguindo um roteiro subjetivo, por meio da leitura de páginas e páginas escritas com intenções diversas, que vão requerer dele, como disse Paulo Freire, a sua visão de mundo para julgar o que está lendo. Macunaíma não conhece essas coisas. Em sua mente apenas tilinta o vil metal.[29]

Trago à memória do leitor o interesse que tem Macunaíma na filha do vizinho, que estagnou diante do crescimento patrimonial de Jeca. Convém lembrar ainda a existência do telescópio de Jeca, que serve agora como elemento fundamental para a grande reflexão, o grande desfecho da história, o corolário das grandes intenções. Mas falta um pouco. Continuemos.

Jeca Tatu vem à varanda de sua casa para relaxar, depois de horas e horas de observação da turma que trabalha para ele. Seu olhar percorre toda a extensão de sua propriedade e se orgulha de observar tanta beleza, tanta conquista, após seu triunfo sobre a sua doença. Põe o binóculo e vê toda fazenda funcionando perfeitamente. Os operários em seus postos de trabalho produzindo riqueza, os animais saudáveis se multiplicando, as árvores frutíferas abarrotadas somente esperando a colheita para envio ao mercado na cidade grande. Essa é a vida do ricaço Jeca. Olha para o céu e vê que foi atingido pela providência divina. Subitamente, olha para o lado onde está o portão de sua fazenda e se depara com seus cães deitados, como se estivessem anestesiados. Leva um susto e desce as escadas para verificar de perto o que está acontecendo. Seu porte físico agora é elegante. Sua roupa é nova e moderna. Suas botinas bem engraxadas, pretas, de couro alemão; carrega uma espécie de bastão, feito de jacarandá, reluzente, com a ponta guarnecida por revestimento de ouro. Assovia na direção dos cachorros, mas é inútil. Eles não se mexem. Jeca se aproxima dos animais, tenta reanimá-los coçando a cabeça de cada um, mas é em vão. Eles dormem a sono solto. Jeca coça a cabeça, dá uma girada no corpo tentando descobrir a causa daquilo e, à sua frente, se depara com a figura de Macunaíma, em pé, com um charuto enorme, diríamos um "puro" cubano, soltando fumaça por tudo que é lado. Ele leva um susto, por suposto. Já havia um bom tempo que Macunaíma havia ido embora dali. E, de repente, esse ser inexplicável aparece dentro de sua propriedade, com um sorriso matreiro, como se estivesse zombando dele. Jeca não pensou duas vezes. Partiu na direção de Macunaíma empunhando o bastão para agredi-lo e lançando impropérios jamais ouvidos naquela redondeza. Jeca perdera as rédeas e seu ódio se multiplicou contra aquela figura que agora gargalhava, fazendo uma nuvem de fumaça que ia contra o seu rosto. Os impropérios do Jeca e as risadas de Macunaíma se espalharam para dentro da fazenda e das casas circunvizinhas.

A mão direita de Macunaíma segurou com firmeza o pulso de Jeca, que tentava espancá-lo com o bastão. Os empregados iam em direção da contenda para apartá-la. O vizinho observava a briga dos dois, enquanto sua filha, mais linda como nunca houve igual, vinha à janela com a mesma expressão matreira de sempre.

Macunaíma não demorou muito tempo para dominar o "ímpeto guerreiro" de Jeca. Uma chave de braço terminou a peleja e Jeca Tatu disse: "chega!". Macunaíma prometeu que acordaria os cães, mas que precisava que Jeca imediatamente ordenasse que eles saíssem dali e fossem para outra parte da fazenda. Jeca ainda ficou relutante, mas viu que os poderes místicos daquela criatura à sua frente eram maiores que qualquer instinto natural. Vendo que já podia acordar os cachorros, Macunaíma impôs as mãos sobre eles, soprando nos seus ouvidos. Assim foi. Os cães logo ficaram espertos e Jeca ordenou com palavras de ordem que eles saíssem dali.

Macunaíma foi direto ao assunto, antes que fosse novamente enxotado daquele lugar como da outra vez.

– Jeca preciso de dinheiro e sei que você o tem. Preciso de algum. Juro que não volto mais aqui. Não verá mais a minha cara. Quero visitar outros lugares, mas de uma maneira mais honesta. Tenho sido moleque e enganador. Seu Mário abusou na elaboração do meu perfil. Sou um personagem cretino, sem nenhum caráter. Vivo à custa de peças que prego, de mágicas que faço, de enganos e tropeços em que as pessoas caem. Agora, minha presença se faz notar em plena pós-modernidade, já tendo passado por alguns movimentos literários e sobrevivido a todos, eu quero me tornar um personagem útil, com outras feições. Não aquelas que se transformam em um abrir e piscar de olhos. Mas em um conjunto de características sólidas, éticas, próprias para transformar o mundo por meio dos homens leais a princípios. Para isso, eu sei que há um preço imensurável a pagar. Os heróis pagam esse preço. Não quero ser para sempre o herói sem caráter. Quero que as novas gerações leiam em *Macunaíma*, escrito por Andrade no início do século, uma forte crítica político-literária. E quando conheçam a reforma pessoal deste novo Macunaíma, possam refletir sobre a importância da mudança. Veja, Jeca, você também sofreu um grande processo de transformação.

Jeca não era burro, mas também não era tão inteligente. Não entendeu nada e ainda se voltou para Macunaíma com cara de censura, dizendo-lhe que não aceitaria mais ser enganado por ele.

Macunaíma perguntou-lhe outra vez sobre o dinheiro. Jeca pensou, pensou e disse-lhe: "Espera um pouquinho, mas aqui. Não me saia daqui". Jeca dirigiu-se a casa e foi ao primeiro piso.

Macunaíma sorriu contente e olhou para a casa do vizinho. Lá estava sorridente a mulher de seus sonhos. Ele foi até o muro e disse-lhe: "queria encontrar contigo lá fora". Ela assentiu e Macunaíma voltou à posição anterior. Olhava com firmeza o telescópio de Jeca. Ele podia vê-lo com uma nitidez clara e atraente: "tenho que levá-lo. Será o último engano, a última tramoia. Tenho que roubá-lo. Mãos à obra".

Enquanto Jeca tratava de mexer no seu cofre, convencido da conversão de Macunaíma ao bem e ao bom caráter, o telescópio já não estava mais no lugar em que Jeca o deixara. Macunaíma o colocara já desmontado, usando a velocidade da magia, do poder do vento, acomodado a uma trouxa que sempre trazia consigo.

Jeca voltou com algum dinheiro numa pasta velha e, com ar sério em seu rosto, deu-a para Macunaíma como se nesse ato estivesse o derradeiro adeus àquele ser improvável de ter nascido. Macunaíma a recebeu, olhando agradecido para Jeca. Houve ali um lapso de tempo em que os dois nada falaram, não se mexeram, nem tampouco trocaram olhares prolongados. O silêncio era total. Macunaíma então se virou para a rua e, ao chegar ao portão, abriu-o e dirigiu seu olhar para onde estava Jeca. Impávido e mudo, esse novo rico fazendeiro nem sequer o saudou. O portão fechou-se atrás de Macunaíma e os cães saíram de onde estavam latindo como se quisessem trucidar aquele ser mítico e patético.

Macunaíma dirigiu-se para frente da casa do vizinho. A sua filha abriu-lhe o portão e foi ao seu encontro. Os dois se abraçaram carinhosamente. Um redemoinho tomou os dois corpos. Uma nuvem girou ao redor dos dois formando uma espécie de tornado. Macunaíma deixa então cair de suas mãos o telescópio que subtraíra da casa do Jeca. Também, de que lhe serviria essa gerigonça? De repente, com uma força abrupta, sentiu-se sugado por aquele vento impetuoso. Passou a se lembrar de quando, por um cipó, foi galgado ao céu e transformado na constelação Ursa maior. Por esse mesmo cipó, desceu à Terra firme e encontrou-se em Taubaté, terra de Lobato, criador de Urupês.

Macunaíma apaixonado, nessa viagem louca, foi contando para aquela linda morena, que escolheu para viver nas estrelas, a sua biografia; sua longa amizade com Mário de Andrade, seu criador; a existência do papagaio que contou toda a história para o poeta modernista. Foi-lhe explicando a reviravolta que a arte brasileira sofrera com a Semana de 1922. Falou-lhe de Villa-Lobos e sua apresentação com um pé calçado e o outro descalço. Contou sobre a presença dos modernistas nessa grande festa. Da grande influência do modernismo europeu nos intelectuais brasileiros. Da antropofagia que, a partir dali, começou a abrir novos caminhos na literatura. Dissertou sobre a vanguarda.

A morena, que começou a amá-lo, o olhava perplexa enquanto os ventos os levavam ao infinito para sempre.

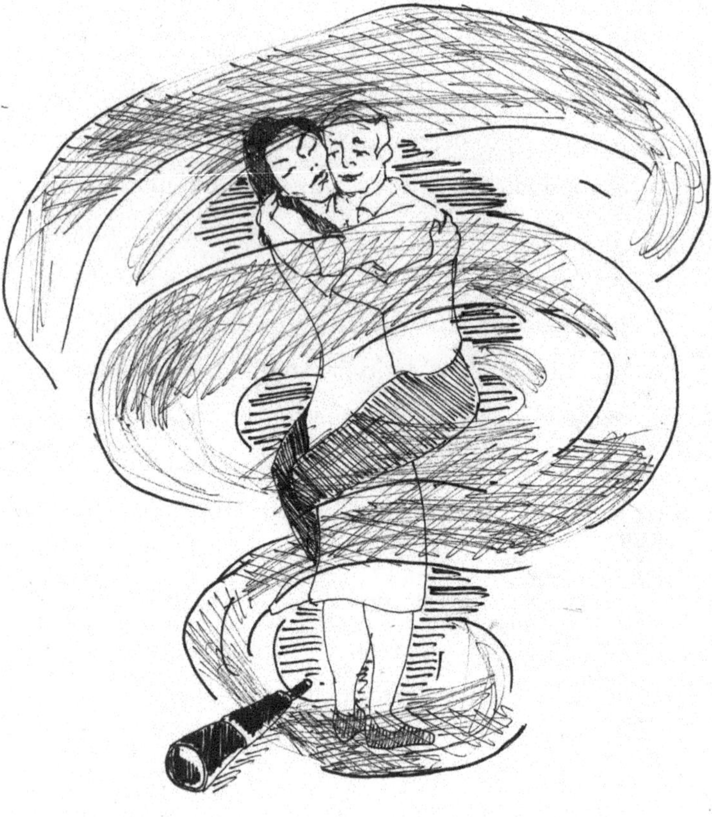

Notas

[1] *Urupês*, de José Bento Renato Monteiro Lobato, foi lançado em 1918.

[2] Jeca Tatu surge pela primeira vez no artigo publicado no Estadão, em 23 de dezembro de 1914.

[3] José Bento Renato Monteiro Lobato nasceu em Taubaté, em São Paulo, em 18 de abril de 1882, e faleceu em 04 de julho de 1948.

[4] LOBATO, Monteiro. *Urupês*. São Paulo: Editora Globo, 2009. p. 177.

[5] Mário Raul Moraes de Andrade nasceu em São Paulo no dia 9 de outubro de 1893 e faleceu na mesma cidade em 25 de fevereiro de 1945. Andrade foi a figura central do movimento de vanguarda de São Paulo. Um dos mais influentes na Semana de Arte Moderna de 1922.

[6] *Macunaíma* foi escrito em 1928 por Mário de Andrade.

[7] Peri, índio goitacá, personagem do livro *O Guarani*, de José de Alencar, publicado em folhetins no ano de 1857.

[8] Cecília de Mariz, personagem do livro *O Guarani*, de José de Alencar, publicado em folhetins no ano de 1857.

[9] O vizinho do Jeca assim é descrito por Lobato: "Perto morava um italiano já bastante arranjado, mas que ainda assim trabalhava o dia inteiro". LOBATO, Monteiro. *Problema vital, Jeca Tatu e outros textos*. São Paulo: Editora Globo, 2010. p. 104.

[10] Texto extraído com adaptações do livro *Urupês*. São Paulo: Editora Globo, 2007. p. 173.

[11] LOBATO, Monteiro. *Problema vital, Jeca Tatu e outros textos*. São Paulo: Editora Globo, 2010. p. 103.

[12] Vasilhas retiradas de árvores. Têm a forma de tigela ou bacia.

[13] Com as bordas quebradas.

[14] Pequeno cântaro com um bico.

[15] Calça e paletó.

[16] Guardados como em um paiol.

[17] Onde se guarda a pólvora.

[18] No folclore, são assim chamadas as índias guerreiras que habitavam a Amazônia e lutaram contra os espanhóis.

[19] Tecido forte de algodão ou linho.

[20] Rangendo.

[21] LOBATO, Monteiro. *Urupês*. São Paulo: Editora Globo, 2007. p. 173.

[22] Macunaíma, "esse índio entre o branco e o negro" (expressão usada por Décio Pignatari), colocou em polvorosa toda aquela região tranquila, movida pelo ócio dos caboclos e pelo domínio econômico dos fazendeiros. A ida à casa de Jeca fez com que esse caboclo tomasse uma posição digna diante da vida e da sociedade. A reação contra o engodo do personagem de Mário de Andrade revela que não há determinismo histórico possível. O que há é subserviência, medo de se antepor ao outro, ao aparentemente mais forte, aquele que mais possui,

pois a terra é de ninguém, e o povo que tem que morar nela é o seu verdadeiro dono.

Essa posição social de Jeca Tatu foi examinada com cuidado pelo próprio Lobato em um artigo intitulado "A Ressurreição" (LOBATO, 2010). Monteiro Lobato cita nesse artigo que Jeca possui mulher e vários filhos, que não os incluo nesta paródia, até porque não há necessidade de incluí-los. A intenção é simplificar a relação impossível dos dois e analisar as circunvizinhanças literárias que escolhi para abordar o tema desse encontro.

Chamam-me à atenção naquele artigo vários aspectos interessantes. Por exemplo, a descrição que Lobato faz de Jeca com relação à sua constituição física e à sua saúde mental: "Jeca Tatu era tão fraco que quando ia lenhar vinha com um feixinho que parecia brincadeira. E vinha arcado, como se estivesse carregando um enorme peso.

– Por que não traz de uma vez um feixe grande? – perguntaram-lhe um dia.

Jeca Tatu coçou a barbicha rala e respondeu:

– Não paga a pena. [Não vale a pena]".

Cumpre mencionar que o texto de Ressurreição chamou a atenção de Candido Fontoura, empresário possuidor da patente de remédios contra a malária e a opilação, que resolveu publicá-lo como fonte de propaganda, com a tiragem de mais de quinze milhões de folhetos, usando o título de Jeca Tatuzinho.

Outra questão curiosa foi o discurso que fez nosso ilustre brasileiro Rui Barbosa, em 20 de março de 1919, em sua campanha para a presidência da República, do qual extraio um pequeno fragmento, onde cita o personagem Jeca Tatu como um brasileiro esquecido pelas autoridades, com suas mazelas e carências: "Senhores: Conheceis, porventura, o Jeca Tatu, dos Urupês, de Monteiro Lobato, o admirável escritor paulista? Tivestes, algum dia, ocasião de ver surgir, debaixo desse pincel de uma arte rara, na sua rudeza, aquele tipo de uma raça que, "entre as formadoras da nossa nacionalidade", se perpetua, "a vegetar de cócoras, incapaz de evolução e impenetrável ao progresso"? (BARBOSA, 1999, p. 367)

Nesse mesmo discurso, Rui Barbosa faz uma defesa do homem brasileiro, que não pode ser visto como um jeca, indolente e preguiçoso, mas com amplas qualidades de trabalhador: "Não. Não se engane o estrangeiro. Não nos enganemos nós mesmos. Não! O Brasil não é isso. Não! O Brasil não é o sócio de clube, de jogo e de pândega dos vivedores, que se apoderaram da sua fortuna, e o querem tratar como a libertinagem trata as companheiras momentâneas da sua luxúria. Não! O Brasil não é esse ajuntamento coletício de criaturas taradas, sobre que possa correr, sem a menor impressão, o sopro das aspirações, que nesta hora agitam a humanidade toda. Não! O Brasil não é essa nacionalidade fria, deliquescente, cadaverizada, que receba na testa, sem estremecer, o carimbo de uma camarilha, como a messalina recebe no braço a tatuagem do amante, ou o calceta, no dorso, a flor-de-lis do verdugo. Não! O Brasil não aceita a cova, que lhe estão cavando os cavadores do Tesouro, a cova onde o acabariam de roer até aos ossos os tatus-canastras da politicalha. Nada, nada disso é o Brasil. O QUE É O BRASIL O Brasil não é isso. É isto. O Brasil, senhores, sois vós. O Brasil é esta assembleia. O Brasil é este comício imenso de almas livres. Não são os comensais do erário. Não são as ratazanas do Tesoiro. Não são os mercadores do Parlamento. Não são as sanguessugas da riqueza pública. Não são os falsificadores de eleições. Não são os compradores de jornais. Não são os corruptores do sistema republicano. Não são os oligarcas estaduais. Não são os ministros de tarraxa. Não são os presidentes de palha. Não são os publicistas de aluguer. Não são os estadistas de impostura. Não são os diplomatas de marca estrangeira. São as células ativas da vida nacional. É a multidão que não adula, não teme, não corre, não recua, não deserta, não se vende. Não é a massa inconsciente, que oscila da servidão à desordem, mas a coesão orgânica das unidades pensantes, o oceano das consciências, a mole das vagas humanas, onde a Providência acumula reservas inesgotáveis de calor, de força e de luz para a renovação das nossas energias. É o povo, em um desses movimentos seus, em que se descobre toda a sua majestade". (BARBOSA, 1999, p. 370-371).

23 LOBATO, Monteiro. *Problema vital, Jeca Tatu e outros textos*. São Paulo: Editora Globo, 2010. p. 104-111.

24 Enfermidade também conhecida como "amarelão". Os parasitas dessa enfermidade têm a espécie humana como o único hospedeiro.

25 Francisco Julião Arruda de Paula nasceu em Bom Jardim, em 16 de fevereiro de 1915, e faleceu em Cuernavaca, em 10 de julho de 1999. Foi advogado, político e escritor brasileiro. Líder das Ligas Camponesas. Foi exilado e preso político durante o período da ditadura militar.

26 Lobato relata ao final do artigo: "E a curar gente da roça passou Jeca toda a sua vida. Quando morreu, aos 89 anos, não teve estátua, nem grandes elogios nos jornais. Mas ninguém ainda morreu de consciência mais tranquila. Havia cumprido o seu dever até o fim".

Esse artigo que descreve a transformação social de Jeca, ao qual Lobato chama de "Ressurreição", é uma pérola conceitual da divisão de classes. Em outras palavras, Jeca quer empregados que estejam sãos para trabalhar mais e melhor para ele. Seus empregados vão morrer sãos, mas com a mesma visão de mundo, com os mesmos conteúdos, com a mesma possibilidade de crescerem intelectualmente, isto é, nenhuma.

Lobato não fala, mas aquele Jeca que votava sempre no governo quando não era ainda fazendeiro rico, em quem votaria agora pertencendo à burguesia? Sabe-se que esta classe social mantém, ao longo da história, o mundo como está: dividido, verticalizado, com alta concentração da riqueza. Por outro lado, Lobato não fala em educação. Não fala nas mesmas oportunidades que todos deveriam ter para o nascimento de uma sociedade mais justa.

Um dos mais reconhecidos educadores hispano-americanos, o cubano José Martí, poeta modernista, inspirador da revolução cubana, escreve que "educar é depositar em cada homem toda obra humana que lhe sucedeu; é fazer em cada homem resumo do mundo vivente até o dia em que vive, é pô-lo em nível de seu tempo, para que navegue sobre ele, e não deixá-lo abaixo de seu tempo, sem que possa flutuar; é preparar o homem para a vida".

A ressurreição de Jeca Tatu, além de individualista e egoísta, não se aplica ao povo, mas a um preguiçoso cheio de vermes, que apesar de tudo possuía uma propriedade obviamente herdada de algum parente e que foi agraciado pela visita de um médico que curava amarelão. A atitude de empreendedor incorporada por Lobato ao seu personagem à primeira vista pode ser positiva, já que o matuto melhora de vida, quer ganhar mais dinheiro, ser mais útil à sociedade com o seu trabalho. Sem embargo, essa postura é típica do homem que cresce na escala social e passa a desenvolver o comportamento do outro que o aprisionava e que antes ele mesmo criticava. Agora ele tem empregados, vigia-os até com certo grau de desenvolvimento tecnológico para a época, não os educa porque tem medo de perdê-los e enche as burras de dinheiro como se aquilo fosse o resultado da prosperidade. Está apenas servindo ao *status quo* reinante. Lobato está tendo, como diz Antônio Gramsci (1891-1937), filósofo e político italiano, "o papel cultural de propagador de ideologia. Ela embute uma ética, mas também a ética não é inocente: ela é uma ética de classe".

27 Para os gregos, as Amazonas eram antes de tudo "bárbaras". Transgrediam as suas leis. [...] eram guerreiras que combatiam a cavalo e armadas com o arco: para maior desembaraço no manejo deste, elas queimavam o seio direito – daí o nome de Amazonas (a-mazón: "sem seio"). (Brunel, 2005)

28 Cumpre-nos aqui abrirmos um parêntesis sobre a escrita dessa mensagem que constitui a carta mencionada anteriormente. Sem dúvida, na literatura brasileira é uma das críticas mais ácidas à empáfia de determinados escritores pedantes que usavam com rigor a norma culta, enquanto o povo falava um idioma diferente. Mário de Andrade foi perseguido e acusado de plágio por alguns escritores. Destacamos aqui a carta de agradecimento que escreveu Mário ao seu amigo Raymundo Moraes (1872-1941), escritor paraense, que saiu em sua defesa:

"Copiei sim, meu querido defensor. O que me espanta e acho sublime de bondade, é os maldizentes se esquecerem de tudo quanto sabem, restringindo a minha cópia a Koch-Grunberg, quando copiei a todos. (...) na Carta pras Icamiabas, pus frases inteiras de Rui Barbosa, de Mário Barreto, dos cronistas portugueses coloniais, devastei a tão preciosa quão solene língua dos colaboradores da Revista de Língua Portuguesa. Isso era inevitável, pois que o meu... isto é, o herói de Koch-Grunberg, estava com pretensões a escrever um português de lei. O sr. poderá me contradizer afirmando que no estudo etnográfico do alemão, Macunaíma jamais teria pretensões a escrever um português de lei. Concordo, mas nem isso é invenção minha, pois que é uma pretensão copiada de 99 por cento dos brasileiros! Dos brasileiros alfabetizados.

Enfim, sou obrigado a confessar numa vez por todas: eu copiei o Brasil, ao menos naquela parte em que me interessa satirizar o Brasil por meio dele mesmo. Mas nem a ideia de satirizar é minha, pois já vem desde Gregório de Matos, puxa vida! Só me resta, pois, o acaso dos Cabrais, que por terem em provável acaso descoberto em provável primeiro lugar o Brasil, o Brasil pertence a Portugal. Meu nome está na capa de Macunaíma, e ninguém o poderá tirar. É certo de que tem em mim um quotidiano admirador". (Carta de Mário de Andrade a Raimundo Moraes, publicada no Diário Nacional. São Paulo. 20/09/1931.)

Ao resenhar o romance *Memórias sentimentais* de João Miramar para a Revista do Brasil, Mário encerra o texto com um comentário jocoso sobre o aparecimento da consciência nacional entre os modernistas de 1922:

"Conhecem aquela história do caipira que ganhou umas botinas para votar no dr. Tal, deputado de profissão? Pois calçou-as e avançou na estrada. Os pés começaram a doer. O cabra não pôde mais. Tirou as botas e acariciou com olhos paternos os dedos que se mexiam livres, reconhecendo a terra amiga. "Tá contente, canaiada!" Esses modernistas brasileiros parece-me que descalçaram as botas". (ANDRADE, 2004)

Fechando o parêntesis que abrimos anteriormente, prosseguimos na descrição do cenário que Macunaíma foi obrigado a se deparar, produzindo nele espanto e estupefação.

[29] Andrade trouxe complicações para a compreensão de seu personagem com uma crítica a seus contemporâneos. A intenção era ferir os modernistas, que tinham os pés no Brasil, mas suas mentes estavam na Europa. Oswald de Andrade e Tarsila do Amaral, dois ícones do movimento modernista, encantavam-se em caminhar por Paris. Andrade chega a escrever a Tarsila para que voltasse ao Brasil.

Não custa reprisar que Mário de Andrade escreve o capítulo IX de Macunaíma usando uma linguagem que no Brasil não é falada, dirige a carta que forma o capítulo às Icamiabas – amazonas guerreiras – seres pertencentes à mitologia – que no mundo literário não entenderão o texto, e ainda transforma Macunaíma em Imperador.

Esse capítulo, sem dúvida alguma, é um grande enigma até hoje na configuração da lógica para o entendimento do personagem. É como uma pausa que Andrade faz para retomar o fôlego rumo à conclusão do livro.

Eu complico mais ainda. Ponho Macunaíma dentro da propriedade de Jeca Tatu, envolvido agora em administrar seu patrimônio e a grande riqueza que possui. Isso tudo depois que o matuto é curado do amarelão.

Bibliografia

ANDRADE, Mário de. "Oswaldo de Andrade", texto reproduzido como prefácio em *Memórias Sentimentais de João Miramar*. São Paulo: Editora Globo, 2004.

BARBOSA, Rui. A questão social e política no Brasil. In. *Pensamento e ação de Rui Barbosa*. Organização e seleção de textos pela Fundação Casa de Rui Barbosa. Brasília: Senado Federal, Conselho Editorial, 1999.

BRUNEL, Pierre. *Dicionário de mitos literários*. Rio de Janeiro: José Olympio Editora, 2005.

LOBATO, Monteiro. *Problema vital, Jeca Tatu e outros textos*. São Paulo: Editora Globo, 2010.